Mon chat
mes copines et moi

Du même auteur, dans la même collection :

Le blog des animaux
Le club des animaux

Marc Cantin

Illustrations de Nadine Van Der Straeten

Mon chat
mes copines et moi

RAGEOT

ISBN 978-2-7002-3525-8
ISSN 1951-5758

Mercredi, 13h12

Dites-moi qu'je rêve !

– Barbara ! BARBARA !

– Voilà, j'arrive !

Mme Jenkins piétine depuis un moment en bas de l'escalier.

– Le fils des voisins est devant la porte ! crie-t-elle avec une discrétion de porte-voix. Il veut te parler, mais il n'ose pas entrer. Tu veux bien t'occuper de lui ?

« M'occuper de lui… »

Barbara remonte les trois marches qu'elle vient de descendre. Barbara pense que sa mère est folle. Ou inconsciente.

Corentin…

Le fils des voisins…

LE Corentin qui est en sixième, dans la même classe qu'elle.

Comme si elle ne le voyait pas suffisamment au collège.

Comme si elle n'avait pas autre chose à faire.

Pitié !

– Barbara ! Descends ! ordonne Mme Jenkins.

« Pourquoi ces choses-là n'arrivent-elles qu'à moi ? »

Barbara abandonne à regret l'escalier, traverse avec indolence le salon et se traîne jusqu'à la porte d'entrée.

– Tiens, c'est toi, Corentin ! Quelle surprise ! s'étonne-t-elle remarquablement.

– Salut, Barbara. Tu vas bien ?

– Super, merci. À la prochaine !

– Hé ! Attends ! l'arrête Corentin.

– Attends quoi ? demande Barbara sur un ton nitroglycériné.

– Ben... Euh... Voilà, euh... J'ai oublié de noter le numéro de l'exo de maths pour demain. Si tu l'as... Le numéro...

– Écoute, je préfère être hyper franche, se décide (enfin) Barbara. Tu tombes hyper mal. J'attends trois copines. C'est un jour hyper important pour moi et je suis hyper en retard. Tu saisis ? Comprendo ? Understand ?

– Je comprends, fait Corentin. Si tu as besoin d'un coup de main pour préparer quelque ch…

– Surtout pas ! Enfin, non, merci. C'est hyper sympa. Mais non. Allez, salut. Et téléphone à quelqu'un d'autre pour le truc de maths, non-non, ne me remercie pas, SALUT !

Barbara claque la porte et y reste adossée un instant.

Ouf.

Ouf-ouf !

Elle a eu chaud.

Si les trois A trouvent Corentin chez elle, elle peut dire adieu à son entrée dans leur bande. La bande, c'est only in the mouv', reserved aux branchés.

Et jusqu'à preuve du contraire, Corentin c'est plutôt l'inverse. Dans la famille Débranchée, donne-moi le fils. Question look, Corentin, c'est sans espoir. Même sa grand-mère doit être plus à la mode que lui. Corentin, c'est les survêtements Coupe du monde 82 avec les élastiques sous la plante des pieds. Comme on en voit dans les séquences rétro à la télé. Et la veste trop courte qui lui remonte jusqu'au nombril quand il lève les bras. Faut oser, non?

D'accord, il fait beaucoup de sport, mais ce n'est pas une raison. Et puis il devrait s'habiller un peu plus large parce que question tour de taille, là aussi, c'est un peu large.

Non, Barbara n'est pas méchante, elle dit juste la vérité.

Ouf-ouf.

Barbara remonte en vitesse dans sa chambre.

Assez perdu de temps. Passons à l'action !

Mercredi, 13h17

Quel beau râteau...

C'est ce qu'on appelle se prendre une claque.

Une veste.

Un bide.

Corentin regarde le sien. Pensif.

C'est peut-être parce qu'il est un peu rond que Barbara vient de lui fermer la porte au nez. Corentin est trop « enveloppé », pas assez « branché »? Pas suffisamment dans le coup?

« J'y vais, j'y vais pas, j'y vais… »

Cette phrase, Corentin se l'est répétée pendant au moins deux heures avant de sonner chez Barbara.

« J'y vais, j'y vais pas, j'y vais… »

Entre voisins, on doit s'entraider… (Même si Barbara semble l'ignorer!) Et puis, un jour, il faut bien faire le premier pas, non?

« J'y vais, j'y vais pas, j'y vais… »

Finalement, il y est allé.

Il n'aurait pas dû.

La méga claque.

La méga veste.

Le méga bide.

Corentin redescend l'allée en traînant les pieds. Puis il coupe par la pelouse, prend un peu d'élan et saute au-dessus de la palissade qui sépare son jardin de celui de la famille Jenkins. Un joli saut en s'aidant d'une seule main.

Corentin est agile.

Pour son poids.

Plus agile que bien des maigrelets. La preuve, sur un tatami, personne ne lui a jamais fait la moindre remarque. Et sa ceinture verte, il ne l'a pas trouvée dans un paquet de céréales.

Mais là.

La façon dont Barbara l'a regardé.

Un simple coup d'œil vertical.

Un petit haussement de sourcil et un pincement des lèvres, du genre : « Il n'y a vraiment rien à espérer de ce pauvre garçon. »

La claque, la veste, le bide, le râteau de l'année.

Il n'aurait jamais dû franchir cette palissade. Il aurait dû rester chez lui.

Corentin accueille, avec une caresse distraite, Bouboule, son bouledogue baveux mais néanmoins très attachant. Bouboule qui d'instinct sent le désespoir de son maître et lui présente une balle incrustée de marques de dents. Histoire de chasser sa tristesse.

Corentin envoie négligemment la balle vers un massif de fleurs. Bouboule disparaît aussitôt dans un nuage de pétales. Il renifle, gratte et déracine sans complexe. Quand le chien fleuri retrouve enfin sa balle favorite, Corentin est déjà rentré.

Déjà dans sa chambre.

La tête dans l'oreiller. Ou l'inverse. Il pense à Barbara. Sa voisine, si proche, qui vient de creuser un ravin entre elle et lui.

Mercredi, 13h22

Un amour de matou

Pas de temps à perdre.

Première étape : le miroir.

Barbara ajoute quelques barrettes dans ses cheveux – les barrettes sont top à la mode ce mois-ci.

Elle ajuste ensuite le col roulé de son Lulu Castagnette et vérifie enfin la bonne tenue de son New Vibu Cimarron (extensible, bas évasé).

Barbara porte toujours des vêtements à la mode, parce que c'est la mode, et que la mode lui plaît.

Barbara dit souvent :

– Ce jean trompette est top ringard. Il est complètement passé de mode depuis au moins trois semaines.

Ou bien :

– Je ne peux quand même pas mettre ces chaussures. Tout le monde en porte au collège, même la prof de français !

Dans ces moments-là, Mme Jenkins pousse un long soupir. C'est certain, Barbara va encore lui réclamer un nouveau pantalon ou de nouvelles chaussures. Elle pense : « C'est juré, cette fois je ne céderai pas. »

Quand elle pense, Mme Jenkins est très déterminée.

Son mari, M. Jenkins, prend les choses avec davantage de philosophie. Il dit :

– Ce sont ses premières semaines au collège, ça lui passera avec le temps.

M. Jenkins est d'un naturel optimiste.

De toute façon, Barbara ne s'inquiète pas trop de ce que peuvent dire ou penser ses parents.

De toute façon, elle finit toujours par obtenir ce qu'elle veut.

Si jamais sa mère refuse de lui acheter de nouveaux vêtements, Barbara les commande pour son anniversaire, pour sa fête, pour Noël, ou alors, solution ultime, elle se plaint à sa grand-mère qui lui sourit gentiment et dit :

– C'est vrai ? Ça te ferait plaisir ? Eh bien, si tes parents ne veulent pas, moi, je vais te l'acheter.

Quand on veut suivre la mode, il faut être maligne.

Et heureusement, Barbara a plus d'un tour dans son sac.

Un sac, justement, Barbara s'en est offert un (grâce à un supplément d'argent de poche obtenu en échange d'une vague promesse de mieux gérer son argent de poche à l'avenir), un nouveau sac génial extra, tendance jungle en simili-zèbre influence Daktari, donc hyper top à la mode cette semaine. Quand elle va le montrer à ses trois futures meilleures nouvelles copines, elles seront folles de jalousie.

Et ça, c'est très bon.

Chez les trois A, la jalousie est une valeur sûre. C'est même le premier des commandements : « Chez les autres tu provoqueras l'envie. » Bon, Barbara ne partage pas entièrement ce point de vue, mais quand on veut à tout prix quelque chose, il faut accepter les concessions. Et ce que veut Barbara par-dessus tout, c'est faire partie de la bande des A !

Trois A, comme Alizée, Alicia et Aude. Les 3 A. Les Super 3 A.

Avec son B, Barbara est un peu embarrassée.

Heureusement, tout se présente pour le mieux et, juré, les trois A vont bientôt s'enrichir d'un B. (Les trois mousquetaires étaient bien quatre, non?) Et puis, dans Barbara, il y a trois A, c'est un excellent argument.

Donc, deuxième étape : ranger la chambre.

Le plan chambre en bazar, c'est complètement dépassé.

« Dommage, pense Barbara. Suivre la mode, ça n'a pas que des avantages. »

Mais bon. Quand on veut à tout prix quelque chose…

Aujourd'hui mercredi, à 13 h 27, Barbara abandonne son miroir, relève ses manches, souffle sur une mèche de cheveux volontairement laissée libre, et s'approche de son lit.

Sa mère dirait : « Peut-on appeler ça un lit ? »

C'est une bonne question. Il faudrait peut-être trouver un nouveau mot pour nommer ce mélange de couette froissée, de pyjama à l'envers, d'oreiller sans taie, de taie sans oreiller, de vêtements oubliés, de livres égarés…

Sans omettre, au milieu de cet amas étonnant, Raoûl.

Raoûl en plein effort.

Raoûl dans sa position favorite : couché sur le côté, complètement étiré, une patte délicatement posée sur le museau.

Raoûl, douze kilos de chat, c'est-à-dire l'équivalent de deux ou trois chats. Raoûl, né dans cette maison il y a huit ans tout rond, qui a grossi dans cette maison tout au long de ces huit années. Raoûl qui dort chaque nuit avec Barbara, couché sur le côté, complètement étiré, une patte délicatement posée sur le museau, et la tête sur l'oreiller.

Raoûl qui s'octroie encore, chaque après-midi, une petite sieste avant d'attaquer la fin de la journée.

Et c'est ce même Raoûl qui va aujourd'hui permettre à Barbara d'entrer par la grande porte dans la bande des A.

Grâce à lui, les trois A accueilleront bientôt leur nouvelle sœur : Barbara.

Barbara qui regarde une fois de plus le carton d'invitation posé sur sa table de nuit.

Samedi, à partir de 14 heures 30, je t'invite à mon anniversaire. Pour cette grande occasion, tu devras venir, comme mes autres invitées, avec ton animal de compagnie favori. Je te rappelle que seuls les chats sont admis.

Alizée (La bande des A)

P-S : Tenue correcte exigée.

Un chat.

Forcément.

Les trois A ne supportent que les chats.

Les chiens, c'est complètement hors-jeu.

Aujourd'hui, Alizée, Alicia et Aude viennent donc examiner le chat de Barbara. Une simple visite pré-anniversiale, un contrôle de routine, histoire de vérifier que Raoûl ne serait pas un chien déguisé en chat, par exemple.

On ne sait jamais.

Certaines seraient prêtes à tout pour fréquenter la bande des A.

— Il faut te réveiller, mon gros-matou-adoré, chuchote Barbara à l'oreille de Raoûl.

L'oreille du chat frétille.

Raoûl émet un petit miaulement, allonge encore son corps et ses pattes, lâche un interminable bâillement et tire une langue rose en virgule.

Barbara lui titille le menton, lui grattouille le dessus de la tête avant de lui cajoler le dos.

Il n'y a rien de plus agréable que de caresser Raoûl. Douze kilos de tendresse enrobés d'une épaisse couche de poils moutonneux. Barbara ne s'en lasse pas.

Et « Mon gros minet à moi » par-ci, et « Je t'adore mon gros Raoûlounet d'amour » par-là, Barbara s'allonge sur le lit, ferme les yeux, et cède aux ronronnements tonnerruesques de son chat qui l'endorment chaque soir.

Bonheur.

Mais soudain :

– Barbara ! BARBARA ! Tes amies sont là.

Horreur ! La chambre n'est toujours pas rangée !

Mercredi, 13h 32

Les trois A haaallucinent !

En un éclair, Barbara pousse Raoûl hors du lit, cache les vêtements et les livres sous le matelas, étend la couette correctement, ou à peu près, zut! L'oreiller, tant pis, sous le lit. Le bazar sur le bureau : dans le tiroir. Ça coince! Mince. Faut tasser. Han! Ça y est… Malheur! Une Barbie! Zou! Dans l'armoire fermée à double tour.

— Ouf! Je suis prête, se félicite Barbara.

Elle sort de la chambre en remettant de l'ordre dans ses barrettes et lance d'une voix joyeuse :

– Salut, les trois A. Montez. Mon appartement est au premier.

– Quand je pense à tous les parents qui travaillent le mercredi et qui n'ont pas la chance d'entendre ce genre de bêtises… soupire Mme Jenkins accoudée à la rampe.

Les trois A ne l'écoutent pas. Elles galopent déjà dans l'escalier.

– Salut Alizée.

– Salut Barb'.

– Salut Alicia.

– Salut Barb'.

– Salut Aude.

– Bonjour Barbara.

« En voilà au moins une qui prononce mes trois a, remarque Barbara. Ce n'est pas le moment de m'en enlever. Et puis, Barb' c'est vraiment trop moche. »

– Sympas tes barrettes, remarque Alizée.

– Merci. Ta robe est très tendance, lui retourne Barbara.

– Ça? Oh! C'est juste une petite robe chasuble en soie Confetti doublée en velours.

– Elle te va bien.

– Et mon tee-shirt, tu le trouves comment? demande Aude. Il est entièrement rebrodé en tulle.

– Heu… Oui. Il est sympa.

– Sympa? Mais c'est un GPB Girls! s'étouffe Aude. Exactement le même que celui de la couverture de *Jeune et Gentille* cette semaine!!!

– B… Bien sûr… Je voulais dire… Super sympa! se reprend Barbara. Allez, entrez…

« La faute. Ne pas reconnaître un GPB Girls! » se sermonne intérieurement Barbara.

Heureusement, Alizée et Alicia n'ont apparemment rien remarqué. Elles se sont arrêtées devant la porte de la chambre.

Elles inspectent la pancarte en forme de gant de boxe sur laquelle il est écrit : « N'entrez pas sans frapper ou c'est moi qui frappe ! »

— Exceeeellent, approuve Alizée.

— Génial ! Tu l'as trouvée où ? enchaîne Alicia.

— Oh ! oui, dis-moi où. Je voudrais la même, répète un peu moins subtilement Aude.

— Ça, c'est top secret, prévient Barbara. Enfin... Pour l'instant.

— Mince, t'es méga hypra dure, se plaint Alizée.

— Entrez. Je vais vous montrer mon nouveau sac. Vous allez mourir sur place, se vante Barbara.

Les trois A ne se font pas prier.

— Super, ta chambre !

— Hé ! Les posters collés au plafond, c'est cool !

— Ouah ! Le miroir avec les ampoules, un vrai truc de star !

Barbara est très fière. Il lui suffit de sortir son sac, et là, elles seront dé-fi-ni-ti-ve-ment épatées. Son adhésion à la bande des trois A ne sera plus qu'une formalité.

– Attention, regardez ça ! s'exclame Barbara en sortant son nouveau sac du placard.

Mais les trois A lui tournent le dos.

– Et alors ? Vous ne voulez pas voir le sac le plus hyper branché de la ville ?

Alizée est la première à se retourner.

– Qu'est-ce que c'est que *ça* ? demande-t-elle avec une grimace de dégoût.

– C'est quoi cette… chose ? ajoute Alicia.

– On dirait que ça respire, remarque Aude.

Les trois index des trois A sont pointés en direction du lit.

— Ben… C'est Raoûl, s'étonne Barbara. Mon chat, quoi.

— Raoûl! C'est ÇA, ton chat! suffoque Alizée. Tu aurais dû l'appeler Ragoût. Il doit manger au moins trois marmites de viande par jour!

— Ce gros patapouf? Un chat? s'étrangle Alicia.

— Moi, je l'avais pris pour une peluche, ajoute Aude avec sincérité.

— Je parie qu'il est incapable de bouger, se moque Alizée.

— Tu t'en sers d'oreiller? demande Alicia avant de s'enticher d'un rire ânesque.

— Il va finir par exploser, s'inquiète Aude.

— Bonjour la purée de chat! pouffe Alizée dont le dernier neurone vient de s'éteindre.

— Bon, on ne va pas y passer le réveillon, se vexe Barbara.

– On pourrait au moins y passer Noël. Ton chat remplacerait facilement une bonne dinde aux marrons ! réplique Alicia.

Les trois A font Ah ! Ah ! Ah !

Puis Alizée prend un air sérieux.

– En tout cas, ne compte pas rejoindre notre bande tant que tu continueras à engraisser cet hippopotame poilu.

– C'est hors de question, confirme Alicia.

– Tu comprends, explique Aude, si quelqu'un apprenait qu'une de nous possède un truc aussi laid, ce serait la fin de tout !

Barbara ressent un léger picotement au coin des yeux. Mauvais signe. Elle se mord le bout de la langue.

— Tout ce qu'on peut faire pour toi, c'est garder le secret, dit Alizée.

— Si ça se savait, imagine la honte! prévient Alicia.

— Tu as jusqu'à samedi pour trouver une solution, continue Alizée. Sinon, tu peux faire une croix sur notre bande, et oublier l'invitation à mon anniversaire.

— Mais... C'est injuste! proteste Barbara.

— Tu veux qu'on sache que j'ai invité une fille qui a un chat obèse? Tu racontes vraiment n'importe quoi!

– C'est l'émotion, avance Alicia.

– D'ailleurs, elle est sur le point de pleurer, remarque Aude.

– Partons, coupe Alizée. Tu as trois jours, Barbara. Pas un de plus.

– Trois jours, répète Alicia en sortant à son tour.

– Ça te fait… soixante-douze heures, souffle Aude avec un regard compatissant.

Les trois A redescendent l'escalier, saluent poliment la mère de Barbara, qui dit : « Vous partez déjà ? », et quittent la maison.

On est mercredi.

Il est 13 h 42.

Sur le lit de Barbara, Raoûl étire une patte, puis une autre, bâille, remue le bout de sa queue, et se rendort paisiblement.

Mercredi, 14h30

Totale déprime

C'est la honte.

La fin du monde.

Je vais mourir, là, tout de suite. Fini l'an-niversaire d'Alizée, finies les trois A, finie Barbara.

JE SUIS FINIE !!!

Mourir si jeune, c'est déprimant. Toutes ces années passées à l'école pour rien. Je n'aurai connu le collège que quelques semaines. Mais je préfère encore disparaître de ce monde plutôt que de connaître l'humiliation, la honte, le déshonneur ! Et tout ça à cause de Raoûl. Trahie, poignardée, assassinée par son propre chat ! On est toujours trahi par les siens, c'est bien connu.

Mais pourquoi n'ai-je pas un chat normal ? Pourquoi ces choses-là n'arrivent qu'à moi ? POURQUOI ?

Je suis totale anéantie.

... Par la fenêtre de ma chambre, j'aperçois Corentin. Il est heureux, lui au moins. Il ne connaît pas ce genre de soucis. Il rentre de son entraînement de judo. Le sac sur l'épaule. Il sifflote joyeusement. Pour entrer dans sa bande, un kimono suffit. C'est pratique.

Je vais peut-être me mettre au judo...

Échanger ma garde-robe contre un lot de survêtements ringards. Passer mes mercredis à faire des roulades sur un tatami. Noooon !

Je dois me ressaisir ! J'en suis à envier Corentin ! À regarder Corentin par la fenêtre de ma chambre !

Quelle horreur ! Je déteste être triste.

En plus, il paraît que ça donne des rides avant l'âge. Et des cernes. De toute façon, c'est vrai que je vais mourir. Je ne verrai donc jamais aucune ride sur mon visage, enfin une bonne nouvelle !

Hélas, j'ai l'impression que je suis plutôt partie pour une longue, longue, longue agonie.

Une mort lente.

Des années de souffrance.

Quelqu'un aura-t-il le courage de m'achever ?

Je veux mourir !!!

Jeudi, 7h01

La méga pêche !

Cette nuit, Barbara a très mal dormi. Deux ou trois fois, elle a même poussé Raoûl. Mais son gros matou n'a pas bougé d'un poil.

Cette nuit, Barbara a très mal dormi, et pourtant, ce matin, elle se réveille d'excellente humeur. La nuit porte conseil et c'est exactement ce qui vient de lui arriver.

Dans le noir, tout s'est éclairé !

Une idée géniale! Maintenant qu'elle l'a trouvée tout paraît simple; mais il fallait y penser, et Barbara y a pensé, donc Barbara est géniale!

À sept heures et une minute, Barbara saute de son lit.

– Je suis géniale! se complimente-t-elle en dévalant l'escalier. GÉNIALE! GÉNIALE! GÉNIALE!

Que de bruit. On bouge le lit, on crie.

Vous parlez d'un réveil.

Raoûl ouvre un œil.

Un seul pour l'instant.

À présent, une petite caresse serait la bienvenue. Une petite grattouille sur le haut de la tête. Juste ici. Ce serait parfait.

– MMMmmrrroooon… Ron?

Raoûl ouvre son deuxième et dernier œil.

Il relève la tête. Barbara a quitté la chambre, sans le caresser, l'embrasser, le frictionner, le bichonner, le câliner ? C'est impensable. Inimaginable. Inconcevable et révoltant ! Après une excellente nuit, Raoûl se réveille mécontent, l'œil en coin, l'œil mauvais, bref, de sale poil ; poils qu'il hérisse avant de sauter du lit.

« Crrouiiic. » Ce ne sont pas les ressorts du matelas, mais le ventre de Raoûl. Lui aussi est grognon.

« Crrouiiic. » Ce réveil raté lui a ouvert l'appétit. Raoûl a un corps conséquent, et doit, en conséquence, penser à le nourrir conséquemment. Les oreilles aplaties et la queue d'humeur fouetteuse, il sort de la chambre et dévale l'escalier.

Toute la famille est dans la cuisine.

M. Jenkins, joyeux comme à son habitude, beurre avec entrain une montagne de tartines.

Raoûl, en chat poli, se frotte contre les mollets de M. Jenkins. Sans résultat. Il passe sous la table, ressort à l'autre bout, sous la chaise de Mme Jenkins. Elle boit nerveusement son premier café de la journée et fixe dramatiquement l'horloge accrochée au mur.

– Dépêchez-vous, s'inquiète-t-elle. On va finir par être en retard…

Raoûl ignore volontairement Barbara et lâche un magistral miiiiIIAULEMENT!!!

– AAAh! Ce chat me tuera! s'écrie Mme Jenkins en posant une main sur son cœur. Il doit être affamé. Vite, il faut lui donner à manger.

– Je m'en occupe, maman, dit Barbara en relevant le nez de son bol de céréales au miel.

Mme Jenkins ne peut retenir un signe d'étonnement. Ses sourcils grimpent jusqu'en haut de son front. Elle en oublie l'horloge et ses aiguilles impitoyables. Un instant seulement.

– C'est très gentil, ma chérie, dit-elle. Mais fais vite, sinon nous ne serons jamais à l'heure... Il est déjà et quart. Vite, vite !

Barbara se lève et se dirige vers le placard sous l'évier. Elle sort le paquet de croquettes, celles au thon-saumon-carottes et petits légumes verts. Raoûl vient de comprendre. Ce matin, exceptionnellement, Barbara va lui donner à manger.

Barbara, d'ordinaire, c'est plutôt les caresses, les câlins, les bisous et compagnie. Mais ce matin, c'est elle, en personne, qui se charge de nourrir son gros-matou-chéri-adoré.

« Hé, hé, pense Raoûl, en voilà une qui essaie de se racheter. »

Pour manifester sa joie et son émotion, il se jette tête en avant dans les jambes de Barbara ; également dans l'espoir inavouable qu'une pluie de croquettes s'abatte sur sa tête. Mais Barbara est méfiante et connaît tous les stratagèmes de Raoûl. Au lieu de s'emmêler les pieds dans son chat, elle l'enjambe au dernier moment, avec souplesse. Raoûl, entraîné par son élan, termine sa course contre la porte du lave-vaisselle.

Barbara arrive donc la première près de la gamelle.

Elle secoue énergiquement le paquet...

Mais ne laisse tomber dans le bol que trois croquettes toutes fluettes !

Jeudi, 7h28

Une dalle d'enfer !

Démarratinage sur le carrelage de la cuisine. Raoûl se précipite, freine brutalement et plonge la tête dans sa gamelle. Il s'arrête, tétanisé. Au bout de son nez, il fixe les trois croquettes insignifiantes, négligeables, riquiqui, microscopiques et mesquines.

Barbara dépose à côté de lui une coupelle d'eau et lui souhaite :

– Bon appétit !

Raoûl croit rêver.

Raoûl doit rêver.

Le paquet de croquettes est rangé, M. et Mme Jenkins terminent de déjeuner, Barbara aussi, et lui, Raoûl, au bout de son nez, fixe trois croquettes qui ne caleraient même pas l'estomac d'une puce un peu gourmande !

Il doit y avoir une erreur.

Crounch ! Crounch ! Sluuurps !

En deux coups de dents et un coup de langue, la gamelle est nettoyée. Il est temps de manifester son mécontente-miiiiIIIANNN !

– AAAH ! Mais pourquoi ce chat continue-t-il de miauler ? s'écrie Mme Jenkins.

– Il a encore faim, devine logiquement M. Jenkins.

– Pourtant je lui ai versé une gamelle entière de croquettes, prétend Barbara avec un aplomb insoupçonnable.

– MIIIIIIAAOUUUU, continue Raoûl de plus belle.

– Du calme, le rassure M. Jenkins. Je vais remplir ta gamelle.

– SURTOUT PAS ! s'interpose Barbara. C'est parce qu'il a mangé trop vite. Évidemment, il se jette sur la nourriture. Mais il ne faut pas lui en redonner pour autant. Il faut nourrir les chats une fois par jour. Je l'ai lu dans un livre.

– Quel livre ? se renseigne son père.

– Comment ça, quel livre ?

– C'était un magazine, un livre scientifique, un roman ? Je voudrais savoir si l'on peut se fier à cette information.

– C'était... au CDI. Une sorte de dictionnaire. Entièrement consacré aux chats.

– Une encyclopédie des chats?

– C'est ça! Je l'ai complètement dévorée.

« Dévorer… »

– MIIIIIAAAAOU!!!

– Ce chat va me rendre folle! se plaint Mme Jenkins.

– Il ne faut pas céder, reprend Barbara. Ce serait mauvais pour sa santé. Et puis nous n'avons pas le temps de discuter, sinon nous serons en retard.

Les pupilles de Mme Jenkins s'agrandissent autant que l'horloge qu'elles fixent. Des petites veines rouges apparaissent dans le blanc de ses yeux.

– On EST en retard!!!

C'est le signal. M. Jenkins avale son café d'un trait, Barbara remplit sa bouche de céréales et quitte la table métamorphosée en hamster. Mme Jenkins est déjà dans l'entrée de la maison; elle attrape les clés de la voiture en enfilant son manteau et en cherchant son portable-qui-devraitêtre-dans-son-sac-bon-sang-c'est-pas-possible. M. Jenkins lace ses chaussures avec soin. Barbara allonge la poignée télescopique de son cartable à roulettes et ferme son manteau parce que sa mère le lui demande ; sa mère qui vient de retrouver son portable avec le courrier de la veille qu'elle a oublié d'ouvrir, c'est pas grave on verra ça ce soir.

Pendant ce temps, Raoûl a arrêté de miiiIIIauler. Si personne ne l'écoute, ça ne sert à rien.

En revanche, le chat affamé profite du désintérêt temporaire qu'on lui porte pour lorgner du côté de la table du petit déjeuner.

Comme d'habitude, elle ne sera pas débarrassée avant ce soir. Il y aura bien là quelques menus mets appétissants à se mettre sous la dent...

– Il faut sortir le chat, rappelle M. Jenkins en posant la main sur la poignée de la porte.

– Je m'en occupe, propose Barbara.

– Je vais démarrer la voiture, dit Mme Jenkins.

Barbara fonce vers la cuisine.

– RAOÛL! s'écrie-t-elle en entrant dans la pièce.

Difficile de cacher ses douze kilos derrière un paquet de céréales. Raoûl est pris en flagrant délit, le nez dans un bol, des gouttes de lait à la pointe des moustaches.

– Miaou? fait-il le plus naturellement possible.

Barbara l'a déjà attrapé.

– De gré ou de force, tu vas perdre tes kilos, le prévient-elle.

Barbara court du mieux qu'elle peut avec ses douze kilos de chat dans les bras. Son père ferme la porte derrière elle, se dirige à son tour vers la voiture de Mme Jenkins qui passe son impatience sur le klaxon.

Barbara pose Raoûl sur la pelouse et monte à l'arrière de la voiture.

– À ce soir mon gros matou, lui lance-t-elle comme une promesse.

Mme Jenkins démarre dans un ronronnement orageux.

Jeudi, 17h00

Le super stress

On pourrait raisonnablement penser qu'une fois son travail terminé Mme Jenkins redevient une femme détendue, regardant davantage le monde autour d'elle que la montre accrochée à son poignet.

Il n'en est rien.

À dix-sept heures précises, Mme Jenkins quitte le cabinet comptable où elle travaille depuis huit ans, adresse un petit signe pressé à ses collègues en passant devant leur bureau, s'engouffre au pas de course dans l'ascenseur, enfonce le bouton -1, arrive dans le parking souterrain, ressent un pincement au cœur car elle a une peur panique des parkings souterrains, et s'enferme rapidement dans sa voiture.

Cinq minutes plus tard, elle se taille une place sur le boulevard Voltaire, entre les nombreuses autres voitures, les camions, les scooters, les motos, les 4x4, les bus, les vélos et les adeptes du roller. Au bout du boulevard Voltaire, M. Jenkins l'attend.

M. Jenkins travaille dans les assurances.

À dix-sept heures, il salue tranquillement ses collègues, leur souhaite une bonne soirée, lance souvent une petite blague avant de sortir sur le trottoir pour guetter l'arrivée de sa femme.

M. Jenkins n'a pas son permis de conduire.

De toute façon, M. Jenkins déteste les voitures. Il les trouve polluantes. M. Jenkins ne cache pas ses convictions. Il est contre la pollution. À la voiture, il préfère le vélo, mais en ville, le vélo est trop dangereux. Alors il s'adonne au covoiturage.

Sauf que lui ne covoiture jamais personne.

Mme Jenkins s'arrête donc en double file au bout du boulevard Voltaire (ce qui lui vaut une salve de coups de klaxon, d'insultes et de gestes douteux de la part des autres automobilistes) et dit :

– Dépêche-toi de monter, Barbara va nous attendre.

Dix-sept heures quinze. Déjà. Mme Jenkins regarde sa montre et répète :

– Barbara nous attend. Elle va s'inquiéter.

– Mais non, assure M. Jenkins en s'installant dans la voiture. Détends-toi. C'est très dangereux de conduire quand on est stressé.

– Vite, vite, continue Mme Jenkins en essayant de reprendre place parmi la file de voitures, de bus, de camions, de vélos…

M. Jenkins se trompe. Barbara est inquiète. Mais ce n'est pas à cause de l'heure. Loin de là. À dix-sept heures sonnantes, elle est sortie du collège – en évitant soigneusement Corentin – elle a dit au revoir aux copines de sa classe, puis elle s'est assise sur le mur devant le collège pour attendre ses parents.

Tout allait bien jusqu'au retour des trois A. Elles reviennent vers Barbara d'un pas décidé. Et là, les choses se gâtent.

– Vous… Vous avez oublié quelque chose ? bafouille Barbara.

– On voulait te parler seule à seule, commence Alizée.

– À... À quel sujet?

– Tu le sais parfaitement. Alors? Tu as réglé ton... problème?

– Euh... Ce... C'est en bonne voie.

– T'as plutôt intérêt, sinon tout le collège saura pourquoi tu n'as pas été admise dans notre club, sourit méchamment Alizée.

– Sinon, c'est la honte pour toi, ajoute Alicia.

– Je ne voudrais pas être à ta place, compatit Aude. J'espère que tu vas t'en sortir.

– Je vous assure que j'ai presque résolu le problème, soutient Barbara. C'est cool, non?

– On verra ça samedi, répond Alizée avec méfiance. Salut Barb'.

– Salut Alizée.

– Salut Barb'.

– Salut Alicia.

– Salut Barbara.

– Salut Aude.

Les trois A s'éloignent. Il reste moins de quarante-huit heures pour faire maigrir Raoûl. Il va falloir passer la vitesse supérieure.

– Barbara ! Tu rêves ou quoi ?

Mme Jenkins vient d'arrêter sa voiture devant le collège.

– Vite ! s'impatiente-t-elle. Il faut se dépêcher si on veut éviter les embouteillages de six heures, faire les courses, préparer le repas de ce soir…

Barbara est déjà installée à l'arrière.

– Allez, maman. Démarre ! J'ai un tas de choses à faire, ce soir.

Jeudi, 18h 32

Régime top express

– Accélère, Raoûl! Plus vite!

Barbara a enfilé un corsaire stretch Reebok gris perle, un sweat capuche Venice Beach ivoire, ses runnings Nike et un bandeau Adidas. Depuis un quart d'heure, elle court dans le jardin en agitant une boîte de croquettes.

Et Raoûl fait son possible pour la rejoindre (la boîte).

Quatorze fois le tour de la maison.

En vain.

Le pauvre chat tire une langue de trois kilomètres de long. Il s'écroule, les pattes écartées, couché sur son ventre rond.

– Debout Raoûl ! Relève-toi ! s'énerve Barbara.

Peine perdue. Pour une montagne de croquettes, il ne bougerait pas la pointe de ses oreilles.

– À cause de toi, je ne pourrai jamais entrer dans la bande des A ! se désespère Barbara.

Raoûl demeure insensible à cet argument de poids. Ses douze kilos demeurent répandus sur la pelouse.

Enfin… jusqu'au moment où Barbara s'approche de son gros-matou-adoré et l'attrape par la peau du cou.

– Puisque c'est comme ça…

Le ton n'est pas rassurant.

Raoûl le sent. C'est une question d'instinct. Seul un chat peut comprendre cela.

Sa queue s'agite. Ses griffes sortent. Trop tard. Barbara le soulève au-dessus de la palissade qui marque la frontière avec le jardin des voisins.

– Désolé, mon gros matou. Tu ne me laisses pas le choix, lui assure-t-elle en le libérant.

Raoûl retombe sur ses pattes dans le jardin de Corentin.

Il n'arrive pas à y croire.

Il lance un regard suppliant à sa maîtresse, cette traîtresse ! Elle place ses deux auriculaires aux coins de sa bouche et lâche un sifflement strident.

Raoûl se retourne.

« Nooooon ! »

Au bout de l'allée, il voit débouler Bouboule, le bouledogue boulimique des voisins. Horreur ! Ses mâchoires proéminentes sont déjà toutes mousseuses !

Raoûl détale. Bouboule le talonne.

Raoûl miaule, Bouboule bave une écume qu'il sème autour de la maison.

Déjà trois tours. Les deux fusées poilues n'en finissent plus de tourner. L'exercice est sportif, pour le plus grand plaisir de Barbara.

– Je t'ai vue balancer ton chat chez moi. T'es devenue folle ou quoi ?

Zut. C'est Corentin. (Toujours aussi mal habillé, celui-là.)

Comme s'il n'avait rien de mieux à faire que de regarder ce qui se passe, et ce qui passe dans son jardin.

– Moi ? Balancer Raoûl chez toi pour que ton affreux bouledogue dingue le transforme en hachis ?

– Je t'ai vue, répète Corentin avec une obstination insupportable.

– Tu m'as vue ?

– Archi-vue.

– D'accord, dit Barbara. Approche.

– Hein ?

– Approche... Allez, viens.

– Comme ça ?

– Encore un peu... T'es mon ami, Corentin ?

– Faut voir.

– Mais si, t'es mon ami. Approche.

– Peut-être.

– Ça, c'est une réponse d'ami. Approche encore.

– D'accord, je suis ton ami.

Barbara se penche au-dessus de la palissade, et approche sa bouche près de la joue de Corentin.

– ALORS LAISSE-MOI TRANQUILLE !!! lui hurle-t-elle dans l'oreille.

Jeudi, 18h47

Un régime ?
Quel régime ?

Corentin est sonné.

Les tympans dynamités.

Il titube… Il recule de deux pas…
Il secoue la tête pour chasser l'essaim
d'abeilles qui s'est installé dans ses
oreilles et il retrouve son équilibre de
justesse.

Derrière lui, Bouboule est toujours aux
trousses de Raoûl.

Douzième tour de maison.

– Je vais le dire à tes parents! réplique modestement Corentin.

– Ha! Ha! s'esclaffe Barbara. Ils sont partis faire des courses. Entre mon père et ses pâtes biologiques au blé entier qui mettent trois heures à cuire, et ma mère qui ne jure que par les plats préparés-surgelés-micro-ondables, ils ne seront pas de retour avant huit heures.

– Bon, d'accord, je ne dirai rien, abdique Corentin.

– Je préfère, le félicite Barbara.

Elle croise les bras sur la palissade et garde un œil sur son chat qui entame son dix-huitième tour. À ce rythme, il sera présentable samedi.

– Normalement, tu aurais déjà essayé d'assommer Bouboule avec le premier objet qui te serait tombé sous la main. Pourquoi tu laisses mon chien poursuivre ton chat?

– Raoûl doit faire du sport.

– Du sport ? Un chat n'a pas besoin de faire de sport !

– Raoûl, si.

Vingt-troisième tour.

– Tu veux le faire maigrir. C'est ça ?

Barbara est sur le point d'avouer, quand un point commun entre Corentin et Raoûl lui revient en mémoire. Non, Corentin n'est pas gros ; elle ne dirait pas ça. Il est… fort, rebondi, un peu corpulent, enfin, dodu, quoi, épanoui, si on veut, peut-être légèrement joufflu. Un petit régime et du sport ne seraient pas superflus. Ah, pour le sport, c'est vrai, il en fait déjà – son kimono, Corentin doit dormir avec – mais pour le régime, faudrait voir.

Vingt-sixième tour.

– Maigrir, maigrir, tout de suite les grands mots, s'offusque Barbara. Il s'agit seulement d'une remise en forme. Raoûl doit participer à une petite rencontre entre amies, et je tiens à ce qu'il soit présentab... Je veux dire à faire les présentations dans les meilleures conditions.

– Tu parles ! se méfie Corentin. Je parie que tu trouves ton chat trop gros !

– Non ! Je n'ai jamais pensé ça !

– C'est quand cette « petite rencontre » ?

– Samedi.

– Tu ne veux pas faire maigrir Raoûl ?

– Tiens ! Je crache ! crache Barbara en croisant les doigts derrière la palissade.

Corentin réfléchit. Sa voisine n'est pas du genre à négliger les apparences. Il serait très surprenant qu'elle traîne son chat obèse chez ses amies.

Vingt-neuvième tour.

– Alors je pourrai venir avec toi ? demande-t-il malicieusement.

Un frisson parcourt le dos de Barbara.

– Eeeeeuuuuh… Ben, non.

– Et pourquoi?

– Parceeeee queeeee… C'est réservé aux filles. Voilà pourquoi, affirme Barbara.

– Menteuse! l'accuse Corentin. T'es qu'une sale hypocrite!

Il lui tourne le dos et se dirige vers sa maison. Au passage, il intercepte Bouboule avec brio et courage. Le boule-dingue excité s'est transformé en machine à fabriquer de la bave. D'une main sûre, Corentin le ramène vers sa niche et l'attache. Le chien repart immédiatement, mais s'arrête rapidement une fois la chaîne tendue.

Haletant, suffocant, à la limite de l'arrêt cardiaque, Raoûl s'est effondré sur la pelouse.

– Tu mériterais qu'on t'oblige à faire le tour du quartier, poursuivie par un tigre affamé, lance Corentin avant de refermer la porte de chez lui.

Barbara se dit que peut-être il ne disait pas ça pour elle.

Peut-être qu'il parlait des gens, en général.

Pas d'elle.

De toute façon, elle s'en fiche pas mal. Elle n'a pas de conseil à recevoir de Corentin. Qu'il commence par moins manger, après, il pourra parler. Et toc.

Qu'il s'habille un peu mieux, et on lui demandera peut-être son avis. Retoc.

En attendant, Barbara escalade la palissade et récupère son chat épuisé.

Vendredi, 19 h 12

Raoûl pète un plomb

Hier soir, Raoûl s'est endormi de bonne heure. Il était peut-être un peu fatigué. En tout cas, j'ai l'impression qu'il a perdu du poids.

Ça, c'est la bonne nouvelle.

Hélas, il y en a aussi une mauvaise.

Très mauvaise.

Ce matin, j'ai versé trois croquettes dans la gamelle de Raoûl. Comme la veille. Il ne les a même pas mangées. Ça m'a semblé bizarre.

73

Puis je me suis dit qu'il avait compris que ce régime était bon pour lui. Il était prêt à faire des efforts. Je l'ai trouvé extrêmement courageux.

Parfois, on est naïf.

J'ai ouvert la porte du frigo pour attraper la brique de lait. Raoûl a démarré comme une fusée. Quand je l'ai senti passer entre mes jambes, il était déjà trop tard. Il s'est jeté sur le poulet froid enveloppé dans de la cellophane. Le plastique s'est transformé en confettis. Raoûl a attaqué la viande à pleines dents.

Maman a crié. Papa a dit :

— C'est abominable. Raoûl est devenu fou !

Raoûl m'a lancé un regard victorieux, coincé au fond du frigo, les crocs plantés dans une cuisse bien grasse. Mais, sentant que j'allais lui retirer son butin, ce crétin poilu a décidé de prendre la fuite.

J'ai essayé de l'en empêcher en bloquant la porte. Raoûl a paniqué, il a plongé ses pattes dans un plat de nouilles, sa tête a rencontré l'étagère supérieure où un bol de sauce tomate a perdu l'équilibre. J'ai tout reçu sur la figure. Raoûl en a profité pour sortir du frigo dans une pluie de coquillettes, avec son poulet dans la gueule. Ma mère a aussitôt fermé la porte de la cuisine.

Mon père a dit :

— Il faut attraper ce chat.

Je me suis retournée vers Raoûl. Il a sauté sur la table en faisant le gros dos. (J'ai compris ensuite que c'était à cause des nouilles et de la sauce tomate dont j'étais couverte.)

Mon père a dit :

— Encerclons-le !

Ma mère a essayé de le prendre à revers. Raoûl a voulu s'enfuir, il a posé une patte sur une tartine beurrée et s'est étalé de tout son long. Il a lâché le poulet qui, lui aussi, a glissé sur la table jusqu'au bol de mon père. Il s'est arrêté à deux millimètres.

Mon père a posé un doigt sur le poulet et a dit :

— Je tiens la volaille ! Occupez-vous du chat.

Ma mère s'est jetée sur Raoûl... Je ne pensais pas qu'elle serait aussi rapide. C'est pour ça que j'ai attrapé la queue de Raoûl.

Évidemment, Raoûl, ça ne lui a pas plu. Il a lâché un miaulement aigu en agitant les pattes. La tartine collée sous sa patte avant s'est envolée avant d'atterrir, splach, sur la figure de maman.

— Je suis aveugle ! a-t-elle crié.

— C'est normal, a remarqué mon père, tu as une tartine collée sur les yeux.

C'était trop tard. Maman a paniqué. La cafetière s'est renversée sur le paquet de céréales ; les boules de blé soufflé enrobées de miel se sont mélangées au café, tout ça s'est collé sur la table et sur le carrelage, maman a marché dessus, en se rattrapant, elle a renversé le pot de confiture de mûres...

Quand elle a retrouvé la vue, c'était la déconfiture. La première chose qu'elle a regardée, c'était l'horloge.

Oui, on allait être vraiment en retard.

Raoûl a été prié, par la peau du cou, d'aller voir dehors si quelqu'un y était.

Papa a dit :

— C'est incroyable, ce qui vient de se passer, non ?

J'ai cru que maman allait lui envoyer une tartine bien tartinée dans la figure. Heureusement, on était hyper en retard.

— Barbara ? BARBARA !

— Je suis dans ma chambre, maman.

— Il est sept heures et demie. Le dîner est bientôt prêt. Viens mettre la table.

— J'arrive.

Barbara referme son petit cahier bleu. Elle y note parfois ce qui s'est passé d'important dans la journée.

Même s'il y a des journées comme celle-ci qu'on préférerait oublier.

On aimerait qu'elles soient déjà terminées.

Hélas...

Vendredi, 19h38

Raoûl le killer

Barbara termine de mettre la table.

Une odeur gourmande de pizza quitte la cuisine. Le repas s'annonce plutôt bien.

Quand Raoûl apparaît à la fenêtre du salon…

– Aaah ! Le monstre ! crie Mme Jenkins.

Mme Jenkins a toujours été d'une nature très émotive.

Mais Barbara crie aussi :

– Raoûl ! Non !

Même M. Jenkins crie :

– Il faut faire quelque chose !

C'est Mme Jenkins qui réagit la première. Elle ouvre la fenêtre et attrape
Raoûl par la peau du dos. Le chat ne
lâche pas pour autant l'oiseau qu'il serre
entre ses dents.

– Lâche-le ! Lâche-le ! hurle Mme
Jenkins en tapant sur la tête de Raoûl.

Le chat finit par céder, et le moineau
tombe mollement sur le tapis du salon.

– Il tue un oiseau, et il nous le rapporte !
commente pensivement M. Jenkins.

– Sale bête ! s'énerve Mme Jenkins en
confiant sans délicatesse Raoûl à sa fille.

– Assassin ! lui souffle Barbara.

Pour seule réponse, Raoûl éternue et
chasse la dernière plume collée sur son
museau.

– Je pense que notre chat renoue avec
un comportement primaire, avance M.
Jenkins toujours en quête d'une explication rationnelle.

Pendant ce temps, Mme Jenkins s'est armée d'une pelle et d'une balayette. Elle recueille le corps mou et sans vie de l'oiseau, et esquisse une grimace de dégoût en guise de requiem avant de le faire disparaître dans la poubelle de la cuisine.

Raoûl quitte les bras de Barbara. Trois paires d'yeux le fusillent de reproches. Le chat n'y prête aucune attention. Il renifle le tapis du salon, retrouve l'endroit précis où reposait le corps encore chaud du frêle oiseau, lèche sans honte ce lieu béni avant de se coucher dessus.

– Charial Killer! lui lance avec mépris Mme Jenkins.

M. Jenkins, lui, développe la thèse « du retour à la vie sauvage d'un animal domestiqué qui n'en reste pas moins le gardien d'un certain nombre d'instincts ».

C'est prouvé.

– Criminel, rumine Mme Jenkins.

Barbara ne dit rien.

Son projet de régime vient de faire sa première victime.

Barbara sent sa conscience s'alourdir.

Et contre ça, il n'y a pas de régime.

Mme Jenkins referme la poubelle et déclare que l'incident est clos.

N'y pensons plus.

Détendons-nous.

On est en week-end, tout va bien.

Elle sort la pizza du four et la dépose sur le bord de la table. Mais il faut se rendre à l'évidence, le cœur n'y est plus, et l'appétit encore moins ; même s'il vient en mangeant, personne n'a envie de donner l'exemple.

Pour disperser le malaise, M. Jenkins se lève et allume la télé. Il pense que quelques images en couleur chasseront les idées noires de la famille.

– Mets la Six, propose Barbara en quittant la table à son tour.

– Non, la Trois, corrige Mme Jenkins.

– Je pensais plutôt regarder la Cinq, indique M. Jenkins.

Sous un prétexte culturel, la Cinq l'emporte. Un lion apparaît en gros plan, déchiquetant avec délectation une cuisse d'antilope plutôt saignante.

« La nature a armé le lion de longues griffes rétractiles qui peuvent jaillir comme des poignards, commente une voix extasiée. Grâce à ses puissantes mâchoires, le roi de la savane peut dévorer les quinze à vingt kilos de viande… »

La famille, en arrêt devant le téléviseur, reste muette…

… Lorsqu'un nouveau bruit attire son attention. Semblable à celui du lion. Un bruit de succion, de mastication, de mâchouillation.

Mais il ne provient pas de la télé !

Avant de se retourner, les trois membres héroïques de cette famille à la dérive se regardent pour mieux exprimer leur solidarité face à l'épreuve qui les attend.

– Maman ? interroge Barbara à mi-voix.

– Raoûl… murmure Mme Jenkins.

– La pizza ! devine M. Jenkins.

Ils reviennent tous les trois précipitamment vers la table. Six mains se jettent sur le chat gavé d'olives, de jambon, de gruyère et d'anchois. Seule la pâte a été épargnée, léchée jusqu'à la dernière trace de sauce tomate. Repu, Raoûl affiche un sourire béat entre ses moustaches.

– À la cave ! ordonne Mme Jenkins.

La sentence est tombée.

La cave. Où seule la chaudière trouve le courage de ronronner.

Le seul endroit où Raoûl ne pourra rien manger, rien dévorer, ni poulet, ni pizza, ni joli petit oiseau frêle et joyeux.

Mme Jenkins ouvre la porte. M. Jenkins descend trois marches, lance le chat dans le noir, remonte d'un bond et tourne sans remords le verrou.

Vendredi, 20h05

Li-bé-rez Ra-oûl !

Barbara n'ose pas relever la tête.

Sûrement la peur de croiser son reflet dans une glace.

Le front bas, plutôt embarrassée, penaude, honteuse, Barbara a connu des moments plus glorieux dans sa vie.

– Dès demain, j'emmène Raoûl chez le vétérinaire, décide Mme Jenkins. Ce chat est malade !

– Je continue de penser que ses actes ont une signification, pressent M. Jenkins. Il essaie de nous dire quelque chose.

Barbara imagine Raoûl, seul dans les profondeurs de la cave. Douze kilos de tendresse perdus entre deux toiles d'araignées.

– C'est ma faute, avoue-t-elle sans relever la tête.

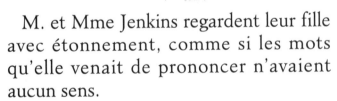

M. et Mme Jenkins regardent leur fille avec étonnement, comme si les mots qu'elle venait de prononcer n'avaient aucun sens.

– Tu vas bien, Barbara ? s'inquiète Mme Jenkins.

– J'ai obligé Raoûl à suivre un régime, poursuit Barbara.

M. Jenkins se prépare déjà à rationaliser la situation.

– Un régime, dis-tu ?

– Oui, un régime, répète Barbara.

Sa mère ouvre la bouche et écarquille les yeux : elle ne sait pas quoi dire.

– Mais pourquoi ? demande enfin M. Jenkins, à cours d'explication rationnelle.

– Il est beaucoup trop gros. Douze kilos ! C'est un véritable hippopotame ! avance Barbara. Et puis je dois le présenter à mes copines pour faire partie du club des A. S'il ne maigrit pas avant demain après-midi, je suis morte !

– Un régime ne sert à rien, explique doucement M. Jenkins. Raoûl ne pèse pas douze kilos parce qu'il mange trop. C'est sa nature, d'être… un peu fort. Comme c'est sa nature de s'attaquer aux oiseaux.

– Surtout si on le prive de nourriture, ajoute froidement Mme Jenkins en désignant la poubelle d'un coup de menton très sec.

– Je sais. C'est ma faute, admet Barbara en commençant à pleurer. Je… J'ai fait semblant de lui donner des croquettes et… et en plus je… je l'ai obligé à faire du sport !

– Tout ça pour qu'il soit comme les autres chats, se désespère M. Jenkins. Tu aimerais que tes copines te ressemblent ?

– Ben… Non. Pas trop quand même.

– Alors laisse ce pauvre Raoûl, enchaîne Mme Jenkins. Il ne mange pas plus que ses douze kilos le nécessitent. Et si ça dérange tes amies, c'est qu'il serait temps pour elles d'engraisser un peu leur cerveau !

– Raoûl ! s'écrie M. Jenkins. Il est toujours enfermé dans la cave !

– Vite ! Il faut le libérer, supplie Barbara en essuyant ses yeux.

Toute la famille se précipite vers la porte de la cave.

Quand M. Jenkins allume la lumière, il découvre Raoûl aux prises avec une conserve de choucroute. Sans doute l'image des saucisses a-t-elle déclenché cet excès de fureur !

Mais à présent, l'étiquette s'est transformée en puzzle de dix mille pièces et le pauvre chat, la boîte entre ses pattes, fait crisser ses griffes sur le métal.

– Excuse-moi, Raoûl ! supplie Barbara en se précipitant vers son gros-matou-adoré.

Samedi, 8h 26

S.O.S.
voisine en détresse

Mon pauvre Raoûl, me pardonneras-tu un jour ?

D'accord, cette idée de régime était stupide.

Je le reconnais. Les trois A aiment seulement celles qui sont comme elles. Elles sont prétentieuses et intolérantes. Et moi, je n'ai pas été mieux.

J'ai même voulu leur ressembler.

J'avoue. J'ai été nulle.

Mais... faute avouée est à demi pardonnée, non ?

Bien, j'ai déjà fait la moitié du chemin. Ce n'est pas si mal.

Et je n'ai pas dit mon dernier mot.

Pour commencer, je ne vais certainement pas rater l'anniversaire d'Alizée. J'ai toujours mon carton d'invitation, après tout ! Il faut garder la tête haute... Même si la mienne, en ce moment, ce n'est pas un cadeau.

Voilà le problème. Trop de soucis. Trop de larmes. Mauvaise nuit.

Je pourrais jouer dans un film d'horreur. Sans maquillage. « Le retour de la morte vivante » !

Heureusement, j'ai trouvé une solution. Un remède miracle. Une recette made in « Jeune et Gentille », mon magazine préféré : « Retrouve un teint de princesse grâce à notre masque de beauté 100 % naturel ! » Le titre est prometteur.

J'ai suivi les indications à la lettre. De la pâte de sésame mélangée à une purée de pêches et des tranches de concombre. Ça, c'est pour le visage.

J'y ai associé le soin « Éclat et brillance des cheveux » (page 16) : une crème à base de jaunes d'œufs et d'huile d'olive. Le tout à conserver une heure avant de passer sous la douche.

Pour être belle, il faut explorer la cuisine avant la salle de bain.

Le tout, c'est de le savoir.

Avec ça, les trois A peuvent aller se rhabiller. Elles vont supplier leurs parents de les rebaptiser : « Pitié ! Donnez-nous un prénom qui commence par B ! »

Balizée, Balicia et Baude. Voilà tout ce qu'elles méritent.

Oui, elles vont comprendre qu'elles ne m'arriveront jamais à la cheville et...

Splatch !
– Zut !
Barbara lâche son crayon.

Une rondelle de concombre s'est détachée de sa joue et a atterri en plein sur son journal.

– Zut de zut !

Du bout des doigts, elle récupère la tranche de cucurbitacée aux vertus miraculeuses et la recolle sur son visage.

« Ma seule consolation, pense-t-elle, c'est qu'en ce moment les trois A doivent être à peu près dans le même état que moi ! Perdues au milieu d'une montagne de vêtements, doutant de leur choix de vernis, hésitant entre cent cinquante-sept tubes de crème. Le stress, quoi. »

Barbara se lève pour aller chercher une serviette.

Raoûl en profite pour sauter sur le bureau et renifler la tache jaunâtre imprimée sur le cahier. Petit coup de langue prudent. Mmm... Pas mauvais. C'est une idée bizarre de se tartiner le visage avec de la nourriture, mais pourquoi pas. Personnellement, Raoûl s'imaginerait bien avec un masque de thon à l'huile, ou de pâté de foie, ou...

– Corentin !

Barbara a prononcé ce prénom comme un cri de victoire.

Corentin. Elle le guette depuis l'aube. Corentin est levé. Elle vient enfin de l'apercevoir par la fenêtre de sa chambre. Il remplit la gamelle de Bouboule en étouffant un bâillement dans le creux de sa main. Vite ! Il ne faut pas le louper.

– CORENTIN !

Barbara a ouvert sa fenêtre.

– Hé ! Corentin ! Salut ! Ça va ?

Corentin regarde Barbara sans répondre. La mâchoire pendante et les yeux ronds. Du style, j'ai vu E.T. Non, pas le film. E.T., je l'ai vu en vrai !

Il faut qu'une nouvelle tranche de concombre se détache de son front pour que Barbara comprenne l'étrange réaction de son voisin.

La rondelle termine son vol plané sur la pelouse.

– Hé, hé… hoquette Barbara. C'est… C'est un masque de beauté.

– De beauté ? répète Corentin, en s'appuyant à la palissade.

– Corentin, il ne faut surtout pas se fier aux apparences. Elles sont souvent trompeuses.

– Et tes cheveux ? Qu'est-ce qu'ils ont ?

– C'est… Une crème jaunes d'œufs-huile d'olive, pour la brillance et l'écl… Corentiiin ! On ne pourrait pas parler d'autre chose ?

Quand Barbara s'énerve, elle perd des rondelles de concombre. Elles tombent en cascade dans le jardin.

Corentin sourit. Mais il bloque à temps ses zygomatiques afin de ne pas éclater de rire.

– Corentin, supplie Barbara, j'ai un service à te demander.

– Tu veux que je te rapporte tes concombres ?

– Arrête, c'est une question de vie ou de mort. Tu peux venir, s'il te plaît ?

– D'accord, dit Corentin en sautant merveilleusement au-dessus de la palissade. J'arrive !

Samedi, 14h28

L'anniv' de la mort

Pour son anniversaire, Alizée, hôtesse zélée, n'a pas lésiné.

Guirlandes en zigzag, ballons multicolores, nappe étoilée, serviettes imprimées, coupes en plastique et fleurs véritables.

– C'est magnifiiique, géniiial, extracoooool! s'extasie Alicia.

– Tu es vraiment la meilleure pour organiser des fêtes, la félicite Aude.

Le club des A est au complet.

Plus qu'au complet.

Alicia est venue en compagnie de Majesté, un siamois appétissant, brun et crème, au regard bleu désaltérant.

Aude serre dans ses bras Youyou, un persan arabisant, raffiné et élégant.

Quant à Alizée, elle a passé sa matinée à pouponner, bichonner, toiletter, lisser et habiller d'un nœud doré Prince, un chat chartreux, châtelain et charmant, plus habitué aux grandes portes qu'aux chatières ordinaires.

— Vous pensez que Barbara va venir ? demande Aude.

— Si elle rapplique avec son matou en forme de ballon de baudruche, elle peut rentrer chez elle, prévient Alicia. Ici, c'est un club sérieux, interdit aux propriétaires de chats de gouttière.

— Avant que son Raoûl ne grimpe sur une gouttière, il pleuvra des nouilles ! ajoute Alizée.

Le club des A fait « Ha ! Ha ! Ha ! ».

Puis on sonne à la porte.

– C'est Barbara, sursaute Aude.

– Bougez pas ! Ma mère va ouvrir à mademoiselle Pâtée d'chat, lance Alizée.

Les trois A tendent l'oreille.

La mère d'Alizée ouvre la porte et dit :

– Bonjour Barbara… Oh ! Bonjour. Comment s'appelle ton ami, Barbara ?… Bonjour Corentin.

– Corentin ? K'escékça ? chuchote Alizée.

– Ce ne serait quand même pas LE Corentin qui est dans notre classe ? s'inquiète Alicia.

– Je crois que lui et Barbara sont voisins, signale Aude.

– Quel magnifique gâteau ! continue la mère d'Alizée. Entrez. Les filles sont dans le salon, au fond. Allez-y. J'ai encore des choses à préparer dans la cuisine.

Corentin n'est pas très rassuré.

Même s'il avait très envie de rendre service à Barbara.

Même s'il a abandonné pour l'occasion ses survêtements passés de mode.

Même si son pantalon multipoche DDP, avec soufflet aux genoux et ouvertures zippées aux chevilles, taille XXL, lui va très bien. (Quand on est « extra large », il faut s'habiller encore plus large, prétend Barbara.)

Même si son sweat bleu Quiksilver, avec col roulé et logo sur la manche, fait agréablement ressortir ses yeux. (Mais ça le gratte dans le cou ! Et ça, c'est insupportable !)

Même si sa mère a été très heureuse de les emmener, Barbara et lui, acheter des vêtements en catastrophe.

Finalement, Corentin se demande si c'est une bonne idée d'avoir accepté d'accompagner Barbara. Bon, c'est vrai, il fallait être deux pour porter cet énorme gâteau. Mais ce n'est sûrement pas une excuse suffisante pour s'inviter à l'anniversaire d'Alizée.

– Bon anniversaire, Alizée ! lance joyeusement Barbara en entrant dans le salon. Salut Alicia ! Ça va, Aude ?

– Qu'est-ce que Corentin fiche ici ? coupe immédiatement Alizée en montrant des dents aussi pointues que celles de Prince.

– J'avais besoin d'un coup de main pour apporter le gâteau. Il est beau, non ?

– Le gâteau, ça peut aller. Et maintenant, du balai, Corentin.

Un frisson parcourt le dos de Corentin. De toute façon, il était déjà congelé de la tête aux pieds.

Mais Barbara ne cède pas devant Alizée.

– Dis donc, tu n'as pas vraiment le sens de l'hospitalité, réplique-t-elle. Tu crois que je dois demander à ta mère de te l'enseigner ?

Alizée sent une colère bouillonnante l'envahir. Elle n'est plus qu'un chaudron brûlant posé sur un feu vif. Et dans ce chaudron fume une potion peu ragoûtante que Barbara va devoir avaler jusqu'à la dernière goutte.

Samedi, 14h43

Trop sympa, ton masque de beauté!

— Tu veux savoir qui est la plus forte, marmonne Alizée. Eh bien! tu vas voir!

— En plus, Barbara, tu as oublié d'apporter ton animal de compagnie préféré, remarque Alicia.

— Absolument pas, grince Alizée. Elle a remplacé son Raoûl par Corentin... Mais c'est vrai que ça ne fait pas beaucoup de différence!

– Très drôle, les filles, sourit Barbara sans se démonter. Bon, on peut poser ce gâteau quelque part ?

Le biscuit à deux étages, couvert de chocolat et de crème chantilly, occupe maintenant toute la table basse du salon.

– Joyeux anniversaire, Alizée ! répète toujours aussi joyeusement Barbara.

– Si c'est grâce à ça que tu espères faire partie de la bande des A, tu rêves, prévient Alizée.

– Allez, ne sois pas grincheuse le jour de ton anniversaire, plaisante Barbara. On est ici pour s'amuser, non ?

– C'est vrai, admet Aude.

– Et pour que nos chats se rencontrent, rappelle Alicia.

– Regarde ce qui est inscrit sur le gâteau, dit Barbara en tirant Alizée par la main.

– Il y a quelque chose d'écrit ? Tiens, oui. C'est marrant : Douze... kilos... d'amour ? Qu'est-ce que ça veut dire ? demande Alizée, le nez au-dessus du gâteau.

– Ça veut dire qu'il est temps d'appeler RAOÛÛÛÛL ! crie Barbara.

« RAOÛÛÛÛL ! »

C'est le signal.

À l'intérieur du gâteau, Raoûl se dresse sur ses pattes.

D'un coup de tête, il soulève le haut du gâteau-surprise et apparaît. Ce qui n'était pas prévu au programme, c'est qu'Alizée relèverait la tête.

SPLACH !

Le couvercle de crème recouvre son visage. À l'instant même où la mère d'Alizée entre discrètement dans le salon et déclenche son appareil photo.

– AAAAAAAaaaaah! hurle Alizée. C'était un piège!

Prince disparaît sous le canapé à la vue du nouveau masque de beauté de sa maîtresse. Alicia et Aude ne peuvent pas s'empêcher d'éclater de rire. Les deux A font « Ha! Ha! ».

– Je... Je suis désolée, Alizée, assure Barbara entre deux gloussements. Je voulais juste... faire entrer Raoûl chez toi d'une façon originale.

– Je jure que c'est la vérité, ajoute Corentin avant de s'écrouler de rire.

Même Raoûl, bien installé au centre du gâteau, semble sourire.

Même la mère d'Alizée qui attrape, du bout de son doigt, un peu de crème sur le nez de sa fille.

— Mmmm. Ce gâteau est délicieux!

— Maman! proteste Alizée.

— C'est un anniversaire que tu n'es pas près d'oublier, assure sa mère en reprenant un peu de crème.

Et tout le monde l'imite (sauf Raoûl et les autres chats engagés dans des présentations respectives).

Tout le monde l'imite, et les sourcils froncés d'Alizée finissent par apparaître sous la crème blanche.

— Moi vivante, tu ne feras jamais partie de la bande des A, marmonne-t-elle sans desserrer les dents.

— Si pour faire partie de ta bande, il faut se rendre ridicule le jour de son anniversaire, je préfère m'abstenir, lui réplique discrètement Barbara.

– Tu me le paieras, Barb'de rat.

– Commence par te laver, sal'izé.

– Et tout le monde sourit! conseille gaiement la mère d'Alizée en brandissant son appareil photo.

Flouch! fait le flash en immortalisant cet instant rare d'amitié sincère.

Samedi, 19h46

La mode, c'est top

Barbara aimera toujours la mode.

Rien de mieux qu'un jean large à revers pour avoir un look d'enfer.

Ou qu'un cardigan zippé.

Ou qu'un pull très stretch, donc très moulant, avec des poignets volantés et ajourés. Un débardeur sur lequel on ajoute un galon tendance seventies. Des boots frangées, un poncho démodé, et donc remodé, un sac à dos orné de broderies et de petits miroirs…

Barbara aimera toujours la mode, véritable épreuve de force, course infinie à l'originalité, concurrence effrénée de l'ingéniosité et des tirelires percées.

Mais Barbara aimera aussi toujours Raoûl.

Elle ne l'aimera pas parce qu'il est original (c'est indiscutable), elle ne l'aimera pas parce qu'il est à la mode, elle l'aimera parce qu'il est Raoûl, son gros-matou-chéri-adoré.

Voilà à quoi elle pense, accoudée à la palissade du jardin.

– Tu pourrais peut-être attacher Bouboule plus souvent pour que Raoûl vienne faire un tour chez toi de temps en temps, lance-t-elle négligemment.

– Ben... pourquoi? fait Corentin de son jardin. Bouboule a bien le droit de se promener chez lui.

– Je sais, soupire Barbara. Je disais ça comme ça.

– Ah bon, réplique Corentin, sentant que quelque chose lui échappe.

– Je disais ça au cas où tu aurais aimé que Raoûl vienne de temps en temps chez toi, précise Barbara.

– Euh... Moi... Moi, je veux bien... bafouille Corentin.

– Et puis, s'il te dérange, il te suffira de m'appeler, et je viendrai vite le chercher.

– Ce... Ça pourrait être bien.

– D'accord?

– Ouais, d'accord, répète joyeusement Corentin.

– Alors à demain, Corentin, dit Barbara en s'éloignant de la palissade.

– Hé! la rappelle Corentin. Tu ne regrettes pas pour la bande des A?

– Non, sourit Barbara. Je ne vais quand même pas laisser tomber mon B pour faire partie d'une bande. Alizée a vraiment de drôles d'idées.

– C'est vrai, approuve Corentin.

– Barbara! Viens m'aider à mettre la table! appelle Mme Jenkins de la fenêtre de la cuisine. Ton père a terminé de préparer le dîner.

– Allez, faut que j'aille avaler la cuisine de sauvage de mon père.

– Ouais. Bon courage.

– À demain, peut-être. Et merci pour le coup de main.

– Pas de quoi. À demain, répond Corentin. Et si je vois ton chat chez moi, je t'appelle.

– D'ac.

– Ouais… D'ac, fait Corentin en regardant Barbara s'éloigner.

Il attend qu'elle soit rentrée chez elle avant de bouger.

Corentin pense qu'il a vraiment de la chance d'avoir Barbara comme voisine. À l'école, c'est vrai, elle est plutôt distante. Parfois, on dirait bien qu'elle cherche à l'éviter. Mais Corentin ne lui en veut pas. Il a bon espoir que les choses changent. Il ne saurait pas expliquer pourquoi, mais il sent que l'avenir se présente plutôt bien.

En tout cas, comme voisine, Barbara est extra.

Super sympa.

Méga hypra cool.

Et le col roulé de son sweat le gratte déjà moins.

Alors avant de rentrer chez lui, Corentin attache Bouboule.

Comme ça, il est sûr de ne pas oublier.

Et demain, peut-être que Raoûl passera par là…

Samedi, 22h12

La bande des Ânes

Autant le dire franchement : la fin de l'année va être terrible. Alizée ne me pardonnera jamais. Je vais avoir les trois A sur le dos tous les jours. A comme andouille(s). Elles sont suffisamment stupides pour me gâcher la vie. Ragots, rumeurs, racontars et autres potins, sans compter les coups en douce pour me ridiculiser...

— Tu devrais créer la bande des B, m'a conseillé maman.

Super idée. Sauf que, dans ma classe, il n'y a aucune fille dont le prénom commence par un B.

Et puis les bandes, j'en suis guérie.

— Ignore-les, m'a dit mon père.

On voit bien que ce n'est pas lui qui va passer ses journées dans la même classe que les trois A.

Mes parents ont envie de m'aider, mais ils n'imaginent pas ce qui m'attend. Heureusement, ils ne m'en veulent pas pour ce que j'ai fait à Raoûl. C'est déjà ça. Ça me remonte un peu le moral.

Et puis, au collège, Corentin me soutiendra. Je sens qu'on va bien s'entendre tous les deux. Je ne saurais pas expliquer pourquoi, mais je le sens.

Surtout depuis qu'il s'est décidé à laisser tomber ses horribles survêtements. D'accord, l'habit ne fait pas le moine, comme dirait mon père, mais il y a quand même des limites !

Et...

– Raoûl ! Tu exagères ! proteste Barbara.

Raoûl vient d'étaler ses douze kilos sur le cahier bleu.

Impossible de le déloger.

Il allonge son corps et ses pattes, bâille sans complexe, pose sa patte sur son museau et commence à ronronner pire qu'un volcan en éruption.

Comment résister ?

Barbara remonte sa couette, éteint sa lampe de chevet et attrape dans ses bras ses douze kilos d'amour moutonneux.

TABLE DES MATIÈRES

Dites-moi qu'je rêve ! 7

Quel beau râteau… 13

Un amour de matou 17

Les trois A haaallucinent ! 27

Totale déprime 37

La méga pêche ! 41

Une dalle d'enfer ! 47

Le super stress 55

Régime top express 61

Un régime ? Quel régime ? 67

Raoûl pète un plomb 73

Raoûl le killer 79

Li-bé-rez Ra-oûl ! 87

S.O.S. voisine en détresse............... 93

L'anniv' de la mort...................... 101

Trop sympa, ton masque de beauté!... 107

La mode, c'est top 113

La bande des Ânes...................... 119

☁ L'AUTEUR

Marc Cantin est né en 1967, à Lamballe, une charmante cité bretonne connue pour sa choucroute au chocolat et les porcelaines en carton.

Après des études assez rapides, il travaille plusieurs années auprès de personnes handicapées moteurs, avant de se lancer dans l'écriture. Depuis, il ne cesse de taper sur son clavier. Du matin au soir, il vit avec ses personnages et se promène dans leurs histoires. Heureusement, son épouse et ses enfants l'emmènent régulièrement en voyage pour lui faire découvrir le monde, en vrai ! Une façon agréable de garder un peu les pieds sur terre !

Vous pouvez le retrouver sur son site : http://cantin.apinc.org

☁ L'ILLUSTRATRICE

Nadine Van der Straeten dessine depuis vingt ans. Si son cœur balance entre l'illustration et la bande dessinée, elle aime avant tout raconter des histoires du bout de son crayon.

Depuis ses études à Strasbourg sous la houlette de Claude Lapointe, elle collabore étroitement avec de nombreux magazines et éditeurs pour la jeunesse. Elle réalise également des pochettes de disques et ne déteste pas écrire quelques chansons.

Nadine Van der Straeten vit actuellement en région parisienne.

DANS LA MÊME COLLECTION

à partir de huit ans

L'amour c'est tout bête, G. Fresse.

B comme Amour, N. Denes.

Une baleine sur la plage de Saint-Malo, R. Judenne.

Le blog des animaux, M. Cantin.

Une certaine Clara Parker, S. Valente.

La chambre des chats, M. Freeman.

Mon chat mes copines et moi, M. Cantin.

Chien riche, chien pauvre, K. Cave.

Mon chien va à l'école, C. Cahour.

Le club des animaux, M. Cantin.

Comment devenir parfait en trois jours, S. Manes.

Comment je suis devenue grande, B. Hammer.

Confidences entre filles, F. Hinckel.

Les disparus de Fort Boyard, A. Surget.

La drôle de vie d'Archie, A. Laroche.

L'été des jambes cassées, C. Le Floch.

Expert en excuses, K. Tayleur.

Expert en mensonges, K. Tayleur.

Mon extraterrestre préféré, É. Brisou-Pellen.

Le fils des loups, A. Surget.

Le fils de l'océan, B. Hammer.

Fils de sorcières, P. Bottero.

La grande évasion des cochons, L. Moller.

L'hiver des gros ventres, C. Le Floch.

Le jour où j'ai raté le bus, J.-L. Luciani.

Mon journal de guerre, Y. Mauffret.
La lettre mystérieuse, L. Major.
La maison à cinq étages, G. McCaughrean.
Météorite, P. Bottero.
Où sont les animaux ?, D. Nielandt.
La petite fille qui vivait dans une grotte,
A. Eaton.
La plus grosse bêtise, É. Brisou-Pellen.
Ma première fête surprise, N. Charles.
Ma première soirée pyjama, N. Charles.
Mon premier week-end sans parents, N. Charles.
Le prince de mes rêves, R. Flynn.
Princesse en danger, P. Bottero.
Le ranch des mustangs, S. Siamon :
    Cheval rêvé
    Cheval de feu
    Cheval de nuit
    Cheval sauvage
    Cheval fougueux
    Cheval invisible.
Au royaume des dinosaures, R. Judenne.
Une potion magique pour la maîtresse,
G. Fresse.
Une sorcière à la maison, V. Petit.
Un vampire à l'école, Y.-M. Clément.
Mes vacances au camping, S. Daniel.
Vive les punitions !, G. Jimenes.
Le vrai prince Thibault, É. Brisou-Pellen.
La vraie princesse Aurore, É. Brisou-Pellen.
Zanzibar toi-même !, C. Couprie / G. Magro.

Achevé d'imprimer en France en mars 2010
sur les presses de l'imprimerie Maury
Dépôt légal : avril 2010
N° d'édition : 5170 - 03
N° d'impression : 154327